De la même Autrice :

Romans grands caractères en **Police 18** :

- **Le Mas des Oliviers**, *BoD*, 2022
- **Le cadeau d'Anniversaire**, *BoD*, 2022
- **Autour d'un feu de cheminée**, *BoD*, 2022
- **En cherchant ma route**, *BoD*, 2022
- **Le hameau des fougères**, *BoD*, 2022
- **La fugue d'Émilie**, *BoD*, 2022
- **Un brin de muguet**, *BoD*, 2022
- **Le temps des cerises**, *BoD*, 2022
- **Une Plume de Colombe**, *BoD*, 2022
- **La dame au chat**, *BoD*, 2022
- **Un secret**, *BoD*, 2022
- **La conférencière**, *BoD*, 2022
- **L'étudiant**, *BoD*, 2022
- **Un week-end en chambre d'hôtes**, *BoD*, 2022
- **L'héritière**, *BoD*, 2022
- **On a changé de patron**, *BoD*, 2022
- **Un automne décisif**, *BoD*, 2022
- **Disparition volontaire**, *BoD*, 2022

***

Romans grands caractères en **Police 14** :

- **BERTILLE L'Amour n'a pas d'âge**, *BoD*, 2021
- **BERTILLE Les Candélabres en Porphyre**, *BoD*, 2020
- **BERTILLE, Les lilas ont fleuri**, roman, *BoD*, 2019
(d'autres parutions à venir... voir le site de l'autrice)

Romans et livres **Police 12** :

- **La Douceur de vivre en Roannais**, roman, *BoD, 2018*
- **Une plume de Colombe**, nouvelles, *BoD, 2017*
- **New York, en souvenir d'Émile**, roman, *BoD, 2017*
- **Croisière sur le Queen Mary II**, roman *BoD, 2016*
- **La Villa aux Oiseaux**, roman, *BoD, 2015*
- **La Retraite Spirituelle**, roman, *BoD, 2015*
- **Recueil de (Bonnes) Nouvelles**, *BoD, 2014*

***

Aventures Jeunesse (9-14 ans) :

- **Farid, la Trilogie**, *BoD, 2014*
- **Farid et le mystère des falaises de Cassis**, *BoD, 2009*
- **Farid au Canada**, *BoD, 2009*
- **Farid et les secrets de l'Auvergne**, *BoD, 2009*

***

Thriller religieux :
- **In manus tuas Domine...**, *BoD, 2009*

Site de l'auteure : www.isabelledesbenoit.fr

© Isabelle Desbenoit, 2022
Édition : BoD – Books on Demand, info@bod.fr
Impression : BoD – Books on Demand, In de Tarpen 42, Norderstedt (Allemagne)
Impression à la demande
ISBN : 978-23-224-3718-4
Dépôt légal : mai 2022
Tous droits réservés pour tous pays

DISPARITION VOLONTAIRE

Isabelle Desbenoit

J'avais entendu parler de ces personnes qui disparaissaient tout à fait volontairement, sans laisser de traces, et sans plus donner aucune nouvelle à leurs proches. J'étais loin de me douter que moi-même, un jour, je partirais ainsi... Voilà comment, en ma trentième année, je suis parti soudainement, un jour, laissant mes parents totalement désemparés.

Je vivais encore chez eux, j'étais leur fils unique, doutant de lui-même, n'arrivant pas à trouver un travail, me repliant sur moi. Je ne sortais que rarement, faisant fuir les quelques copains que j'avais conservés du lycée, par mes manières taciturnes et mon mutisme. Mes parents eux-mêmes peu causants, ne cherchaient pas vraiment à me pousser hors de leur cocon où je m'étiolais de plus en plus. Ils ne voyaient pas que j'allais mal, très mal. Pour eux, j'étais leur fils, qu'ils avaient toujours eu avec eux et ils ne voyaient pas vraiment le problème. J'étais resté l'adolescent qu'il était normal d'avoir à la maison, de nourrir et de blanchir. Le fait que je séjourne la plupart du temps dans ma chambre devant mon ordinateur ne les inquiétait, semble-t-il, pas. Je mangeais bien, étais en bonne santé, cela leur suffisait. Me voir partir n'était pas vraiment leur priorité, je faisais partie de leur vie et ils ne se voyaient pas vivre sans moi.

J'étouffais complètement et c'était pour moi une question de vie ou de mort de m'extirper de ce cocon mortifère. Aussi un jour, sans plus réfléchir, mais mû par un instinct de survie puissant, je partis sans prendre aucun papier, en laissant mon portable. Je n'avais rien préparé, rien anticipé, seules quelques rêveries sur cette fuite m'avaient habité, mais sans penser véritablement aux détails pratiques. Contrairement à d'autres, je n'avais pas planifié ma fuite depuis longtemps, en la préparant méthodiquement. Non, je sortais juste d'un bocal où je manquais d'air, où j'allais mourir si je ne faisais rien. C'est dans cet état comme second que je suis parti car je ne l'aurais jamais fait si j'avais pu penser un seul instant à ce que j'allais infliger à mes parents, la culpabilité aurait été trop forte.

Je partis donc un après-midi, en prétextant que j'allais acheter le journal du jour, ce que je faisais rarement mais quand même de temps en temps, et ne revins pas. Je pris sur moi la totalité du liquide que j'avais à ce moment-là dans ma chambre, soit deux cents euros.

C'était le printemps, j'avais pris mon blouson et glissé mon couteau suisse dans ma poche. Comme un réflexe, je me rendis à la gare et je montais dans le premier train sans même chercher à choisir la destination. Ce qui m'intéressait c'était de partir loin de cette région parisienne, le plus loin possible, m'éloigner de la maison, disparaître...

J'arrivai d'abord à Bordeaux mais cette ville me parut encore trop grande et je pris une correspondance qui m'emmena à Agen, une localité du Lot-et-Garonne où je n'étais encore jamais allé et où nous n'avions aucune attache familiale ni amicale. Je m'achetai un sandwich et une boisson dans le centre-ville et, tout en mangeant, je repris peu à peu mes esprits, convaincu que ma fuite était nécessaire et impérative. Il me fallait trouver un endroit où dormir et savoir ce que j'allais devenir ensuite. Je pris une chambre d'hôtel dans un établissement anonyme et bon marché, non sans avoir acheté un portable bas de gamme sur lequel je pouvais avoir un accès restreint à Internet mais suffisant. Mon argent avait filé à une vitesse folle et, au soir de ce premier jour, je n'avais plus que trente euros en poche. Il fallait absolument que je trouve le moyen de subvenir à mes besoins ; la vision d'un pauvre sans-abri au sortir de la gare, sale, agressant les gens – il devait avoir bu –, m'avait glacé. Je voulais à tout prix rester digne et surtout ne pas me faire remarquer, disparaître, toujours, c'était mon obsession. Je me rappelai soudain que j'avais lu des articles parlant des *wwoofers* : des personnes qui travaillaient dans des fermes en échange de la nourriture et d'une chambre. Voilà ce que j'allais faire. Me perdre en pleine campagne, travailler, manger et dormir... Disparaître...

Je trouvai quelques adresses sur Internet et j'appelai. Ma cinquième tentative fut la bonne : un couple qui élevait des chèvres et faisait du fromage m'accueillerait volontiers dès le lendemain à une trentaine de kilomètres d'Agen dans un petit village. Rassuré pour le lendemain, je m'endormis comme une masse d'un sommeil lourd et sans rêve, écrasé par la fatigue de cette fuite qui m'avait sorti de moi-même, de ma torpeur quotidienne.

Le lendemain, je ralliai par une ligne de car le village et fis les trois derniers kilomètres me séparant de la ferme à pied. J'avais préparé dans ma tête une petite histoire à servir à mes hôtes afin qu'ils ne soupçonnent rien. Je me déclarerais étudiant car, si j'avais trente ans, je paraissais plus jeune que mon âge et pouvais donc passer pour un jeune homme encore étudiant. Je dirais que je m'étais lancé le défi de vivre un an sans argent en parcourant la France pour faire une vraie pause dans mes études qui ne me correspondaient plus. Je servirais aussi le thème de la « décroissance » en déclarant vouloir vivre de pas grand-chose.

J'avais quand même acheté un tee-shirt, une paire de chaussettes et un caleçon à Agen avec les trente euros encore dans ma poche. Heureusement, le car m'avait coûté seulement deux euros et il ne me restait plus que cinquante centimes. Mes hôtes étaient deux jeunes éleveurs d'à peu près mon âge, habitués à recevoir des personnes sans les juger, ils ne me posèrent pas beaucoup de questions et mon scénario eut l'air de les satisfaire. Ils me montrèrent la chambre où je dormirais, au-dessus de l'étable ; elle avait été aménagée avec goût et j'avais même une salle d'eau avec des toilettes sèches.

Pierre me montra leur ferme et m'expliqua ce que j'aurais à faire. Il était en train de construire des enclos pour les bêtes et il y avait un gros travail pour mettre en place des piquets et des grillages dans plusieurs champs. Je devais travailler au minimum quatre heures par jour et le reste du temps, j'étais libre. On m'assurait la nourriture et si je voulais donner un petit coup de main pour la vaisselle ou le ménage, ce n'était pas de refus. Je mis bien une semaine à m'habituer à cette nouvelle vie, moi qui n'avais pas du tout l'habitude du travail physique, j'utilisais mes heures de liberté à me reposer, à dormir, fourbu.

J'avais à cœur de travailler le mieux possible pour ne pas me faire renvoyer et je donnais tout ce que j'avais mais, ensuite, les courbatures et la fatigue me submergeaient. Je ne pensais à rien qu'à travailler, je mangeais avec mes hôtes à midi mais le soir, prétextant vouloir rester un peu seul, je prenais ma gamelle et allais manger dehors ou dans la grange quand il pleuvait. Je ne crois pas avoir pensé une seule fois le premier mois à mes parents, j'étais comme une bête traquée qui assure sa survie et pour qui rien d'autre ne compte.

À part du travail, je ne parlais de rien à Pierre et Mélanie, ils avaient compris très vite que je ne souhaitais pas trop discuter et respectaient cela. Si, au début, ils avaient dû me trouver un peu maladroit et sans résistance, au bout de deux mois, j'abattais un travail certain qui leur était précieux. M'étant aguerri, je travaillais toute la journée car cela m'occupait et m'évitait de m'ennuyer. Ce couple n'avait pas la télévision et nous étions très isolés du monde. Mélanie allait faire des tournées pour livrer les fromages sur les marchés, le samedi, mais je ne l'accompagnais jamais. Je vivais dans l'instant, sans passé et sans avenir et cela m'allait très bien.

Cependant, au bout de ces deux mois, je commençai à émerger de mon amnésie et à penser à mes parents, à ce qu'ils devaient endurer sans nouvelles de moi depuis si longtemps. J'étais incapable de les recontacter, de les rassurer mais, en même temps, je me disais que cela devait être bien difficile pour eux. Que faire ? Je me décidai, alors que je travaillais un jour avec Pierre dans l'étable, à lui demander conseil.

J'avais eu le temps de jauger ce jeune qui me semblait solide comme un roc et très équilibré. Je m'étais petit à petit mis à l'admirer en secret. Lui, au moins, faisait quelque chose de sa vie, il construisait un avenir pour sa famille, il aimait profondément sa compagne avec qui il aurait sans doute bientôt des enfants... Mélanie était si douce et si gentille ! Ils s'étaient bien trouvés, c'était un couple très harmonieux. Je me sentais si minable, si peu sûr de moi à leur côté et pourtant, ils me traitaient en égal, sans se poser de questions. J'avais acquis la certitude que je pouvais me confier à eux.

— Pierre, tu ferais quoi si tu avais abandonné ta famille sans donner de nouvelles ?

Il s'appuya sur le manche de

sa fourche et me regarda en souriant largement :

— C'est ton cas, n'est-ce pas ? Tu sais, il y a longtemps que nous avons compris que tu te planquais chez nous, mais nous ne savions pas pourquoi et nous respections ton silence. Après tout, si tu avais besoin de ce temps... En tout cas, nous avions bien senti que tu n'étais pas quelqu'un de délinquant ou de mauvais, simplement bien perdu...

Je me sentais percé à jour et des larmes se mirent à couler sur mon visage sans que je puisse les retenir, ma carapace se fendillait, un poids énorme me tombait des épaules, comme si je n'étais plus seul avec ma souffrance. Pierre vint gentiment m'entourer les épaules de son bras en me serrant contre lui.

Mes pleurs redoublèrent mais cela me fit un bien fou. Lorsque j'arrivai enfin à me calmer, Pierre me conduisit par le bras dehors vers un tronc coupé où il s'assit avec moi.

— Alors raconte, me dit-il simplement.

Je me mis alors, d'abord un peu maladroitement, en cherchant mes mots, puis de plus en plus clairement à lui raconter ma vie d'avant, avec mes parents... ma chambre pour seul refuge et ce sentiment d'étouffement, cette pulsion qui m'avait fait partir sans laisser de traces. Lorsque je m'arrêtai enfin, je me sentais beaucoup mieux, comme libéré.

— Eh bien ! dis-moi, Julien, quelle histoire ! En tout cas, j'ai l'impression que tu vas te mettre à vivre enfin maintenant, me dit simplement Pierre en souriant. Mais tes parents doivent être vraiment inquiets...

— Je sais bien, Pierre, mais je n'ai pas la force de les appeler, tu comprends ?

— Écoute, me proposa-t-il, si

tu le souhaites, je les appellerai sur notre portable personnel qui n'est pas celui de l'entreprise et donc que personne ne peut trouver dans des annuaires ou sur Internet. Je leur expliquerai la situation, les rassurerai sur ta santé et leur dirai que tu les contacteras quand tu le pourras et qu'en attendant, je leur passerai un coup de fil à ta place une fois tous les quinze jours pour leur dire que tu vas bien. Tu en penses quoi ?

— Je pense que tu as raison, et je te remercie : sans Mélanie et toi, je ne sais pas où je serais...

— Allez, viens alors, je vais

aller téléphoner tout de suite pour rassurer tes parents.

Nous regagnâmes la maison et je le laissai téléphoner sans écouter ce qu'il disait, je n'étais pas encore capable d'imaginer être en contact avec ma vie d'avant. Il revint vers moi :

— Julien, tes parents sont extrêmement soulagés, ils ne vivaient plus... Je suis heureux d'avoir été le messager d'une si bonne nouvelle pour eux. Ils vont arrêter les procédures de recherche à la gendarmerie et je leur ai promis qu'on ne les laisserait pas sans nouvelles maintenant. Si tu veux ce soir, on fête ton retour à la vie, on va se faire un super repas. Allez, on arrête les barrières pour cet après-midi, on va rentrer les outils et le tracteur et on revient ici pour préparer notre gueuleton de ce soir. Mélanie sera ravie quand elle rentrera !

J'approuvai avec beaucoup de reconnaissance et de joie, j'étais un homme nouveau, j'avais envie de rire, de m'amuser, alors que je ne le faisais plus depuis si longtemps. La vie coulait de nouveau dans mes veines et les envies revenaient, comme si je me réveillais d'un long sommeil.

— Je suis heureux, heureux ! si tu savais ! dis-je à Pierre en épluchant les pommes de terre, nous avions prévu de faire une bonne choucroute arrosée d'un vin blanc sec.

— Tu vas avancer maintenant, la vie, c'est vivre ses rêves et les partager ! Tu sais ce que tu aurais envie de faire ?

— Pas vraiment non, tu vois, je sais simplement que je vais vivre et cela me rend heureux ; avant je survivais, maintenant, je vais VIVRE !

Je passais pour la première fois depuis des années une soirée merveilleuse à manger, à rire, à partager... dans l'insouciance de ma jeunesse qui m'était rendue.

Les jours suivants, mes hôtes connurent un autre homme. Dès lors, je retrouvai mon tempérament facétieux, mon goût pour les calembours, je me mis à parler un peu à tort et à travers, à dire ce qui me passait par la tête. Le week-end suivant, alors que Mélanie et Pierre invitaient leurs amis comme tous les mois, je me joignis avec enthousiasme à la soirée, alors que d'habitude je restais dans ma chambre pour surtout ne rencontrer personne.

Il me fallut encore deux mois pour commencer à élaborer un avenir car, bien sûr, je ne pouvais rester chez mes hôtes indéfiniment. En discutant avec leurs amis, en voyant vivre tout ce petit monde dans un univers champêtre, entouré d'animaux, je me dis que moi aussi, j'aimerais cette vie-là, que cette manière d'être au monde était pleine de vie et me plaisait. En même temps, les contraintes étaient là mais cette vie rude m'attirait plus qu'elle ne me faisait peur. Je rejoignis bientôt une de leur amie qui avait monté une chèvrerie et cherchait quelqu'un pour la seconder.

Je me mis avec enthousiasme à l'ouvrage, travaillant dans sa ferme comme si c'était la mienne. Pendant un an, nous restâmes sur notre quant-à-soi, Pauline avait un caractère bien trempé et mettait les distances. Pourtant petit à petit nous nous rapprochâmes, Pauline, voyant que je la respectais ainsi, se mit à avoir confiance en moi au point de se confier. Elle avait connu un garçon qui l'avait laissée tomber dans des conditions qui l'avaient beaucoup choquée. Il lui avait envoyé un simple SMS alors que leur relation durait depuis deux ans. Elle avait été très meurtrie et elle cachait maintenant sa grande sensibilité sous des airs de femme forte qu'elle était aussi, au demeurant. Elle n'avait plus jamais osé ouvrir son cœur. Pour moi, je lui avouai le désert affectif qui avait été le mien jusqu'ici.

Ainsi, nous nous confiâmes l'un à l'autre en profondeur et c'est tout naturellement qu'un soir d'orage, alors que nous avions couru comme des fous pour mettre les bêtes à l'abri, qu'elle se réfugia dans mes bras, prise de peur alors que le tonnerre grondait avec force et que les éclairs zébraient le ciel noir comme de l'encre. Je la gardai longtemps contre moi, blottie et n'osant faire un geste mais alors qu'elle relevait enfin la tête, je me penchai pour l'embrasser avec toute ma tendresse.

Ce fut le début de notre relation de couple, nous n'avions pas de grands problèmes pour nous y accoutumer car nous vivions ensemble depuis longtemps. Ce fut une belle période, nous retrouvions tous les deux la confiance que donne l'amour, la joie de pouvoir compter l'un pour l'autre. Nos amis des autres fermes aux alentours nous dirent tous « enfin ! » : ils avaient tous remarqué que nous étions bien assortis et se demandaient si, un jour, nous nous en rendrions enfin compte !

Quelques mois plus tard, j'invitai mes parents à venir passer un week-end chez nous, ce que je n'avais encore jamais fait. Je les avais bien revus en passant chez eux en coup de vent pour récupérer des affaires, mais sinon, je préférais de loin le téléphone. Maintenant que j'avais une femme et un métier, je ne me sentais plus le petit garçon démuni dépendant d'eux que j'avais été si longtemps. Cette période s'était éloignée dans ma mémoire et prenant de plus en plus confiance en moi, je voulais leur faire partager ma réussite et mon bonheur.

Pauline fut charmante avec eux et j'eus la joie de comprendre, à mots couverts, puisqu'ils ne s'exprimaient que très peu, combien ils étaient contents pour moi et fiers aussi. Papa s'essaya à traire les chèvres à la main bien que nous ayons des machines pour le faire et ce fut un grand moment de complicité où je tentai de lui transmettre tout mon savoir-faire.

Quant à maman, elle prit plaisir à nourrir deux petits chevreaux au biberon et fut contente de nous faire partager deux ou trois de ses recettes de cuisine. Nous prîmes des photos de ce séjour mémorable que mes parents exposent maintenant encore fièrement sur le buffet de leur salle à manger.

J'étais devenu un homme et le rapport entre nous s'inversait. Je voulais les protéger et les aider alors qu'ils prenaient de l'âge. Ils repartirent avec nos meilleurs fromages, trois douzaines d'œufs et deux cageots pleins de légumes de notre potager.

Quelques années plus tard, ils vendirent leur maison et vinrent s'installer dans la petite ville voisine dans un appartement de plain-pied proche de tous les commerces. Ainsi nous pûmes les voir une fois par semaine très facilement et leurs petits-enfants en furent ravis.

Il faut dire que Pauline me donna deux beaux enfants, Julianne et Corentin. J'eus à cœur de leur transmettre un esprit de liberté et de ne pas trop les surprotéger. Je ne voulais pas qu'ils revivent ce que j'avais vécu. Très autonomes, ils allèrent à l'école du village à bicyclette et la vie de la ferme se chargea de leur donner l'occasion de mille plaisirs, évitant comme moi de passer leur journée assis devant un ordinateur.

J'eus également le souci de leur parler plus que l'on ne l'avait fait pour moi, je voulais qu'ils aient toujours auprès de moi une explication s'ils avaient une question ou qu'ils puissent me raconter leurs petits soucis ou leurs bonheurs. Pauline adorait leur apprendre mille choses et nous formions une belle équipe éducative, disait-elle.

Je pris tellement à cœur ce rôle de transmission que je me décidai, à la faveur d'une rencontre avec un éducateur spécialisé qui avait demandé si une petite équipe de jeunes dont il s'occupait en milieu ouvert pouvait venir visiter notre ferme, à intervenir de temps en temps dans des centres prenant en charge des jeunes mal dans leur peau, qui ne sortaient plus, afin de raconter mon histoire.

Aujourd'hui, Julianne est en sixième et son frère en quatrième déjà, comme cela passe vite ! J'ai parlé à Pauline d'un projet futur quand nous aurons envie de lever un peu le pied sur les activités très prenantes de notre chèvrerie, un projet que je mûris depuis cette rencontre avec l'éducateur.

Nous pourrions devenir famille d'accueil pour des adolescents qui ont besoin d'un cadre champêtre pour se construire...

Dans ce but encore un peu lointain, je me suis inscrit à une université et suis des cours par correspondance en psychologie de l'enfant et de l'adolescent. Pauline semble sur la même longueur d'onde pour ce futur professionnel et songe, elle, à pouvoir transmettre des activités manuelles en organisant des petits ateliers. Nous ne garderions alors que quelques dizaines de chèvres et moutons et notre basse-cour ainsi que deux ânes et une truie. Ce serait moins lourd à gérer physiquement et nous promettrait un avenir professionnel intéressant jusqu'à notre retraite.

Il est bien loin maintenant le temps où mon seul horizon était les quatre murs de ma chambre ! Si tout va bien, je pourrai contribuer ainsi à ce que quelques jeunes puissent vivre une vie pleine au contact de cette nature qui m'a relevé et qui m'a tout donné, c'est mon vœu le plus cher !

Vous avez aimé ce roman ? Vous aimerez...

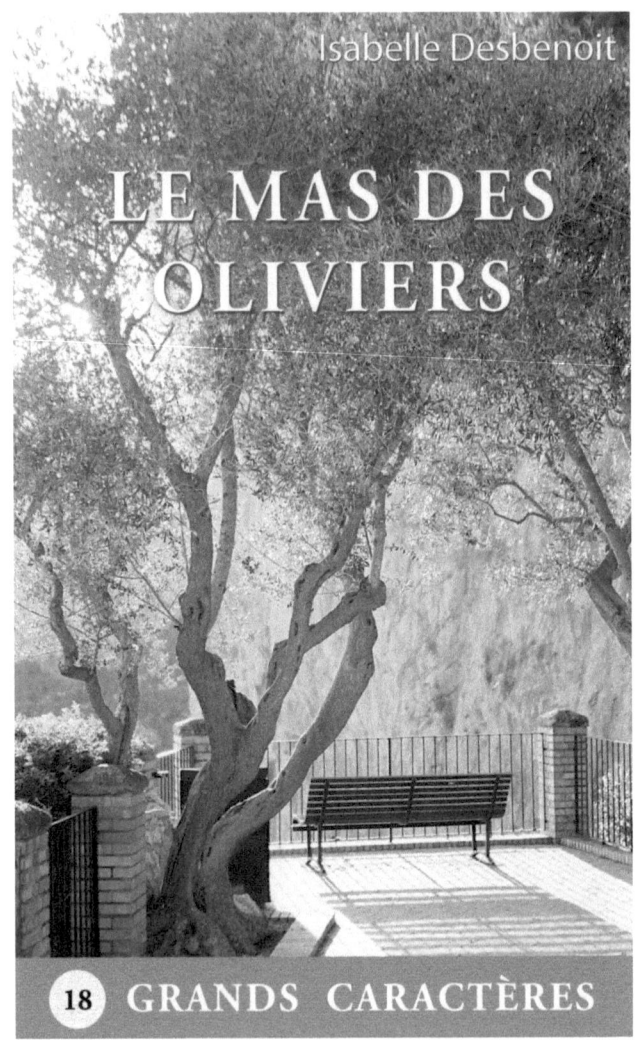